मुक्ति

रामचन्द्र श्रीवास्तव

मेरी यह प्रथम पुस्तक उन सभी लोगों को समर्पित है जिन्होंने मुझ पर विश्वास किया और मुझे निरंतर लिखते रहने के लिए प्रेरित किया। मेरी यह पुस्तक उन सभी के प्रति भी समर्पित है जो मेरी आलोचना कर मेरे लेखन में सुधार कार्य के भागी रहे। मैं उन सभी का हार्दिक धन्यवाद एवं आभार प्रकट करते हुए यह पुस्तक उन्हें समर्पित करता हूँ।

क्रम-सूची

प्रस्तावना

यह पुस्तक एक कल्पनाशील कहानी पर आधारित है। यह पुस्तक नायक के जीवन के विभिन्न पहलुओं के द्वारा पाठक को अपने साथ जोड़ने का प्रयास करती है। वैसे तो यह पुस्तक पाठकों के मनोरंजन के लिए लिखी गई है परन्तु यह पुस्तक मानवीय और नैतिक मूल्यों का समर्थन करते हुए शिक्षाप्रद भी हो सकती है जो कि पूरी तरह से पाठकों के नजरिये एवं आत्म-विश्लेषण पर आधारित है।

1

सिकंदर, हाँ यही नाम था उसका। सत्रह-अट्ठारह वर्ष की किशोरावस्था, लम्बा चौड़ा कद, गोरा और लम्बा चेहरा, गहरी एवं नीली आंखे, नुकीली नाक सिर्फ एक ही मुलाकात में किसी के भी आकर्षण का विषय होने की काबिलियत थी उसमें। बहुत ही कम उम्र में जिंदगी को जीने का सलीका सीख लिया था उसने। करतार नगर की झोपड़-पट्टी में पला और बढ़ा, करतार नगर से कुछ ही दूरी पर गणेश भोजनालय में काम करता था वह। उसकी अम्मी का इंतकाल असामयिक ही गंभीर बीमारी के कारण हो चुका था तब से दुनिया में उसका ख़ुद के सिवा कोई और ना होने के कारण वह ख़ुद में ही खोया हुआ और गुमसुम रहता था।

आज सुबह से ही उसके मस्तिष्क की हलचल और आँखों की बेचैनी को महसूस किया जा सकता था, प्रतिदिन की तरह आज वह अपने काम को निपुणता से नहीं कर पा रहा था। रात में रोजमर्रा की तरह छुट्टी के बाद वीडियो गेम की दुकान पर वीडियो गेम खेलने भी नहीं गया जबकि यह उसका विशेष पसंदीदा कार्य था। छुट्टी के पश्चात आज वह सीधा अपने घर सी-61, करतार नगर की ओर चल पड़ा। जहाँ वह दस मिनट में अपने घर चला आया करता था, आज उसे ऐसा महसूस हो रहा था कि उसके कदम उठ नहीं रहे हैं। ऐसा लग रहा था कि कोई अदृश्य शक्ति उसे पीछे की ओर खींच रही है, जैसे-तैसे लड़खड़ाते क़दमों से वह अपने घर पहुँचा परन्तु आज उसे घर पहुँचने में आधे घंटे से कुछ अधिक वक्त

लगा।

अमूमन वह भोजनालय से खाना खाकर ही आया करता था लेकिन आज वह बिना खाए ही वहाँ से निकला था और यह सब उसका सहकर्मी जयंत जो कि सिकंदर को अपना एक अच्छा मित्र मानता था, देख रहा था। उसने सिकंदर के लिए खाना पैक किया और उसके पीछे दौड़ कर उसे जबरदस्ती थमा दिया। घर आकर सिकंदर ने अनमने मन से खाना खाने की तैयारी की। आज उसे उसकी अम्मी की बहुत याद आ रही थी, पता नहीं किन विचारों में खोया हुआ था। अपने विचारों में डूबते-उतराते हुए वह खाने के लिए बैठ गया। आज एक-एक निवाला उसके गले से कठिनाई से उतर रहा था, उसे याद आ रहा था कि जब वह उदास होता था तब उसकी अम्मी उसे अपने हाथों से बड़े प्यार से खाना खिलाती थी। उसके मुँह से आह के साथ एक स्वर उभरा "अम्मी" और वह अपनी पूर्व स्मृति की गहराईयों में खोता चला गया।

2

पूर्व स्मृति

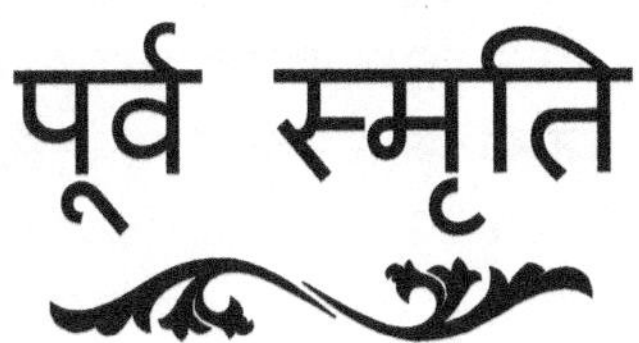

जब से उसने होश सम्हाला उसने अपने आप को करतार नगर की उस झोपड़-पट्टी में ही पाया। उसके परिवार में उसके अब्बू और अम्मी ही थे। आर्थिक रूप से कमजोर होने के बावजूद भी उस परिवार में खुशियों की कोई कमी नहीं थी क्योंकि उनकी असली ख़ुशी तो केवल और केवल सिकंदर की मुस्कान थी जिसके लिए वो कुछ भी कर सकते थे। उसे अपने अब्बू के साथ रहने का मौका बहुत ही कम मिला था।

उसे याद आया कि जब वह पाँच साल का था तो उसके अब्बू का इंतकाल हो गया था। उसके अब्बा उमरगुल मजदूरी कर के अपने परिवार का भरण-पोषण करते थे परन्तु वो मनहूस दिन उस परिवार के लिए बर्बादी का पैगाम लेकर आया जब उमरगुल सख्त बीमार होने के बावजूद मजदूरी करने चला गया। तेरहवीं मंजिल पर काम करते हुए अचानक उसकी आँखों के सामने अँधेरा छा गया और उसे ख़ुद का होशोहवास ना रहा। कुछ ही पलों में उमरगुल मृत अवस्था में नीचे पड़ा था और उसकी आत्मा उसके कमजोर शरीर से हमेशा-हमेशा के लिए आजाद हो चुकी थी।

उसकी अम्मी नर्गिस पर तो जैसे मुसीबतों का पहाड़ ही टूट पड़ा था। नर्गिस की तो जैसे जीने की इच्छा ही ख़त्म हो चुकी थी। वह पागलपन की अवस्था में अपनी जिंदगी को ख़त्म कर देना चाहती थी परन्तु पास ही खड़े सिकंदर पर जैसे ही उसकी नज़र पड़ी, उसने अपने

आपको सम्हाला और हिम्मत बटोरते हुए जिंदगी की हर आने वाली मुसीबतों से लड़ने के लिए तैयार हो गई। तभी उसने फैसला किया कि वह सिकंदर के किसी भी प्रकार के दुःख का साया कभी भी नहीं पड़ने देगी।

जल्दी ही नर्गिस को उमरगुल की जगह मजदूरी का काम मिल गया जिससे कि सिकंदर और उसके भरण-पोषण का इंतजाम हो गया परन्तु नर्गिस को नहीं मालूम था कि उसे यह काम किसी की दया दृष्टि के कारण नहीं बल्कि ठेकेदार की वहशी नज़र के कारण मिला था। कुछ ही दिनों में ठेकेदार की गलत मंशा को उसने ताड़ लिया लेकिन बेटे के भविष्य को देखते हुए उसने चुप रह कर सही समय का इंतजार करना ही बेहतर समझा। लगता था कि ठेकेदार को कुछ ज्यादा ही जल्दी थी इसलिए उसने अपनी मंशा पूरी ना होते देख उसे बिना वेतन के ही काम से निकाल दिया। क्या उमरगुल के जीवित रहते यह मुमकिन था कि उसे यह दिन देखना पड़ता ? नर्गिस जिन्दगी के सबसे मुश्किल मोड़ पर खड़ी थी और उसे यह समझ में नहीं आ रहा था कि वह कहाँ जाए ? किसे अपना दुखड़ा सुनाए।

कहते हैं कि ऊपरवाला अपने नेक बन्दों की मदद के किसी ना किसी मसीहा को भेज ही देता है और यहाँ मसीहा के रूप में आए शख्स का नाम था वैद्य जयराम शर्मा। चिकित्सकीय ज्ञान उन्हें बाप दादाओं से मिला था। सड़क के किनारे उदास बैठी नर्गिस की व्यथा उनसे छुपी ना रही। पास जा कर मालुमात करने पर नर्गिस ने उन्हें अपनी सारी कहानी बताई। भावुक व्यक्ति होने के कारण उन्होंने नर्गिस को अपने यहाँ आयुर्वेदिक दवाई कूटने के काम पर रख लिया परन्तु वेतन कुछ कम था।

नर्गिस के लिए सम्मानित जीवन के आगे वेतन बहुत ज्यादा अहमियत नहीं रखता था। उसकी जिंदगी फिर से पटरी पर लौट आई थी। नर्गिस ने सिकंदर को नजदीक के ही निजी प्राथमिक विद्यालय में प्रवेश दिलवा दिया। नर्गिस की तनख्वाह का एक-चौथाई हिस्सा सिकंदर की स्कूली जरूरतों में खर्च हो जाता था बाकी बचे रुपयों से उनका गुजारा बमुश्किल मगर चलने लगा। सिकंदर की शिक्षा में नर्गिस ने कोई कोर-

कसर नहीं छोड़ी। सिकंदर ने भी उसे कभी निराश नहीं किया और हर ज़मात में अव्वल आता रहा। सिकंदर को देख-देख कर ही नर्गिस अपनी जिंदगी गुजार रही थी क्योंकि उसके जीने की एकमात्र वजह सिकंदर ही था। वक्त यूँ ही पंख लगा कर उड़ता रहा और धीरे-धीरे नौ वर्ष बीत गए, अब नर्गिस के बालों में भी सफेदी नज़र आने लगी। इतने वर्षों में उसने कभी भी सिकंदर के ऊपर दुःख की परछाई भी नहीं पड़ने दी थी।

3

मनहूस ख़बर

सिकंदर को याद आया कि जब वो चौदह वर्ष का हुआ और आठवीं ज़मात में पुरे विद्यालय में अव्वल आया तो उसकी अम्मी ख़ुशी से झूम उठी थी । उसके अव्वल आने की ख़ुशी में उसकी अम्मी ने एक साइकिल उसे उपहार में दी थी जो उसकी अम्मी ने सारी जमापूंजी लगा कर उसके लिए खरीदी थी । नई और चमचमाती साइकिल को देख कर सिकंदर बहुत खुश हुआ था, और होता भी क्यूँ नहीं उसके सभी दोस्तों के पास साइकिल थी लेकिन उसके पास नहीं थी । उसने सोचा कि मैं अपने सभी दोस्तों को अपनी नई साइकिल दिखाऊंगा और यह सोच कर वह साइकिल लेकर घर से निकल पड़ा । वापस लौटने में उसे रात हो गई । उसकी अम्मी ने उसे अपने हाथों से खाना खिलाया और अपने गोद में उसका सिर रख कर उसके बालों में उँगलियाँ फिराने लगी जैसा कि सिकंदर की अम्मी अमूमन किया करती थी । जल्दी ही सिकंदर को नींद आ गई और वह अपनी अम्मी की गोद में सिर रखे हुए ही सो गया ।

रात के दो बजे होंगे कि अचानक उसकी अम्मी के पेट में भयानक दर्द शुरू हो गया । अम्मी के कराहने की आवाज से सिकंदर की नींद खुल गई और वह अपनी अम्मी को लेकर सरकारी अस्पताल की ओर भागा । सरकारी अस्पताल उसके घर से कुछ ही दुरी पर था । चिकित्सकीय जाँच के पश्चात डॉक्टर ने सिकंदर को एक कोने में ले जाकर बताया कि उसकी अम्मी के शरीर में एक ही किडनी है और वह भी ख़राब हो चुकी है ।

डॉक्टर ने आगे कहा कि यदि वह अपनी अम्मी की जान बचाना चाहता है तो उसके पास एक ही रास्ता है कि वह अपनी एक किडनी अपनी अम्मी को दे दे अन्यथा वो मर जाएगी।

अपनी अम्मी की बीमारी के बारे में जान कर सिकंदर का मुँह आश्चर्य से खुला रह गया और उसके मस्तिष्क को काफी गहरा झटका लगा। उसे ऐसा अहसास हुआ कि जैसे डॉक्टर उसकी किडनी निकाल कर उसकी भी जान ले लेना चाहता है। वह घबरा गया और उठ कर घर की तरफ भागा। छोटी आयु का वह बालक जो बेशक पढ़ने अव्वल था लेकिन उसने अभी तक अपनी अम्मी के दायरे से बाहर निकल कर कुछ देखा ही नहीं था। जिसके लिए उसकी अम्मी ही उसकी पूरी दुनिया थी। उसकी माँ ने कभी उस पर कोई जिम्मेदारी नहीं थोपी थी और ना किसी दुःख की कोई आंच ही आने दी थी इसलिए वह अभी तक किसी भी प्रकार के दुःख से अनजान था। वह ख़ुद भी नहीं जानता था की उसे क्या करना है? और कैसे इस बोझ को वह उठा पायेगा? उसे अपना शरीर बेजान और कांपता हुआ सा महसूस होने लगा। जिम्मेदारियों के अभाव और बाल बुद्धि के कारण वह इतना अधिक घबरा गया था कि वह दो दिन तक घर से बाहर ही नहीं निकला। विकट परिस्थिति को ना सम्हाल पाना उसकी नासमझी और उसकी अपरिपक्वता को दर्शाता है जो उसे परिस्थितिवश उसकी अम्मी से ही मिली थी।

4

पछतावा

तीसरे दिन वह हिम्मत बटोर कर अस्पताल पहुँचा परन्तु बहुत देर हो चुकी थी 1 डॉक्टर ने बताया कि उसकी अम्मी अब इस दुनिया में नहीं रही और अंतिम समय में उसके होठों पर सिर्फ सिकंदर का ही नाम था 1 उसकी अम्मी का अंतिम संस्कार भी अस्पताल के द्वारा ही लावारिस शव के तौर पर कर दिया गया था 1 सिकंदर कुछ देर तक कुछ भी बोलने और सोचने की स्थिति में नहीं था 1 उसकी तो जैसे दुनिया ही उजड़ चुकी थी, वह अकेला क्या करे, कहाँ जाए उसकी कुछ समझ में नहीं आ रहा था 1 वह वहीं बेंच पर सिर पकड़ कर बैठ गया 1 उसके मस्तिष्क ने काम करना तो दो दिन पहले ही बंद कर दिया था 1

डॉक्टर, जिसका नाम दिवाकर था, उसकी मनोस्थिति को समझ रहा था 1 उसने प्यार से उसके सिर पर हाथ फेरा और कहा "चलो मेरे साथ" 1 डॉक्टर सिकंदर का हाथ पकड़ कर उसे अस्पताल के गलियारे से अपने कक्ष में ले कर आ गया 1 डॉक्टर के कक्ष में स्वच्छता के साथ करीने से रखी हुई सभी वस्तुएं, उसकी भाव-भंगिमा और उसके बोलचाल का सलीका उसके कुलीन एवं सभ्य होने का इशारा कर रहे थे 1 सिकंदर को अपने सामने कुर्सी पर बिठा कर उसने कहना शुरू किया "सिकंदर में तुम्हे एक सामान्य सी जानकारी देना चाहता हूँ कि हर मानव शरीर में दो किडनियां होती है परन्तु कुछ लोग ऐसे भी होते हैं जिनके शरीर में केवल एक ही किडनी होती है 1 सिकंदर तुम्हारी माँ भी उन्हीं लोगों में से

एक थी हालाँकि इन्सान के जीने के लिए एक किडनी भी पर्याप्त है ।"

कुछ देर विराम लेकर डॉक्टर ने कहा "सिकंदर तुम्हारी माँ से मालूम हुआ कि उन्हें ऐसा दर्द पहले भी उठा था । उन्हें मालूम था कि उनके शरीर में केवल एक ही किडनी है जो कि ख़राब हो चुकी है लेकिन तुम परेशान ना हो जाओ इसलिए उन्होंने हमेशा अपने दर्द को तुमसे छुपाया । सिकंदर मुझे बहुत अफ़सोस है कि जिस माँ ने तुम्हारे लिए इतना त्याग किया, तुम उसे पुनर्जीवन दे सकते थे लेकिन तुमने उसे क्या दिया ? एक दर्द से तड़पती मौत ? और दुःख तो इस बात का है कि मरते वक्त अपने जिस बेटे को वो पुकारती रही वो एक बार भी उसके सामने नहीं आया और ना ही अंतिम संस्कार में शामिल ही हो पाया ।" डॉक्टर दिवाकर अपनी बात समाप्त कर चुके थे ।

सिकंदर की आँखों से आंसुओं की धारा बह निकली । उसे याद आया कि जब वह दस वर्ष का था उस समय करतार नगर में एक महामारी फैली थी जिससे वह ख़ुद भी ग्रसित हो गया था । उसकी अम्मी ने तब उसकी सेवा में कोई कोर-कसर नहीं छोड़ी थी यहाँ तक कि उसकी अम्मी ने ही उसको अपना खून दिया था । वह बार-बार डॉक्टरों से यही कह रही थी कि मेरे शरीर से एक-एक बूँद खून निकाल लो लेकिन मेरे बेटे को बचा लो । इसके अलावा दुनिया में मेरा कोई नहीं है । मंदिर, मस्जिद, गुरुद्वारा ना जाने कहाँ कहाँ जा कर उसकी अम्मी ने उसकी जिंदगी की दुआ मांगी । यह उसकी अम्मी के ही दुआओं का फल था कि उसकी जान बच सकी नहीं तो उस महामारी ने कितनों को ही मौत का निवाला बना दिया था ।

डॉक्टर के झकझोरने से अचानक वो वर्तमान में पहुँचा । उसके आंसू थम नहीं रहे थे क्योंकि वर्तमान में उसके पास पछतावे के सिवा कुछ नहीं बचा था । वो बदहवास हो कर चीखने लगा "डॉक्टर मैं अपनी अम्मी का हत्यारा हूँ, मैंने अपनी अम्मी को मार डाला है और मुझे इसकी सजा मिलनी चाहिए ।" डॉक्टर दिवाकर ने काफी मुश्किल से उसे शांत किया । शांत होने के बाद भी सिकंदर की सिसकियाँ रुकने का नाम नहीं ले रही थी ।

डॉक्टर ने उसे समझाया "बेटा जो होना था सो हो गया पर मुझे ख़ुशी है कि तुम्हे अपनी भूल का पछतावा है । इतना जरुर याद रखना बेटा कि पछतावे से इन्सान वापस नहीं आता इसलिए अब तुम्हे अकेले एक नई जिन्दगी शुरू करनी है लेकिन बेटा जिन्दगी इस तरह से जीना कि भविष्य में आज की तरह कोई पछतावा ना रहे ।" डॉक्टर के शब्दों ने सिकंदर के आत्मनिर्मित घाव पर मरहम का काम किया और उसने एक ठंडी साँस ली । वह शांत होकर अपने द्वारा किए गए इस कुकृत्य और आने वाले भविष्य के बारे में सोचता हुआ अस्पताल से घर की ओर चल दिया । आज वह अपने आपको अनाथ, अकेला और पूरी तरह से मजबूर पाकर बहुत दुखी था ।

5

नई शुरुआत

अगली सुबह से ही वह रोजगार की तलाश में निकल पड़ा 1 कुछ दूर चलने पर पास के ही गणेश भोजनालय के बाहर उसे एक बोर्ड दिखाई दिया जिस पर लिखा था "काम करने के लिए लड़के की आवश्यकता है 1" उसकी आँखों में उम्मीद की एक किरण उभरी और वह भोजनालय की तरफ बढ़ गया 1 तक़रीबन दस मिनट की सामान्य वार्तालाप के बाद गणेश भोजनालय के मालिक चन्द्रपाल ने उसे अपने यहाँ नौकरी पर रख लिया 1

चन्द्रपाल के परिवार में केवल चन्द्रपाल और उसकी पत्नी मालती ही थे 1 गणेश भोजनालय का नाम उसने अपने बेटे गणेश के नाम पर रखा था जो कि करतार नगर की उसी महामारी में चल बसा था जिस महामारी की चपेट से सिकंदर बच निकला था 1 सिकंदर मेधावी तो पहले से था ही और कुछ ही दिनों में अपनी मेहनत और ईमानदारी से उसने चन्द्रपाल को प्रभावित कर दिया 1

अब चन्द्रपाल जब-तब घर पर भी मालती के सामने सिकंदर की प्रशंसा करते नहीं थकता था 1 मालती ने भी उसे एक-दो बार भोजनालय में आते-जाते देखा था 1 चन्द्रपाल से उसकी प्रशंसा सुन कर वह भी उससे प्रभावित हुए बिना नहीं रह सकी 1 चन्द्रपाल और मालती को उसमें अपने गणेश की ही प्रतिमूर्ति नज़र आने लगी, वैसे भी यदि गणेश जीवित होता तो सिकंदर की ही उम्र का होता 1 दोनों ही सिकंदर से विशेष स्नेह रखने

लगे।

सिकंदर को वहाँ काम करते हुए तीन वर्ष बीत गए। चन्द्रपाल और मालती उसे पुत्रवत स्नेह करते थे परन्तु अभी तक उन्होंने अपने दिल की बात सिकंदर को नहीं बताई थी। हालाँकि पिछली रात ही चन्द्रपाल ने मालती से सिकंदर को गोद लेने की बात कही थी। उसका कहना था कि हमारा बेटा तो अब रहा नहीं और सिकंदर भी अनाथ है। हमें वारिस की जरुरत है तो उसे माँ-बाप की। कुछ देर ठहर कर फिर उसने कहा कि यदि मालती सिकंदर को अपनाने को राज़ी हो जाए तो वह सिकंदर को गोद लेना चाहता है। चन्द्रपाल ने तो जैसे मालती के मुँह की बात ही छीन ली थी, उसकी ख़ुशी का ठिकाना ही ना रहा। ऐसा लगा जैसे कि उसकी वर्षों से सोई ममता को किसी ने झकझोर कर उठा दिया हो। वह भावना में बह कर अपनी आँखों में आए हुए आंसुओं को ना रोक सकी और सहर्ष ही उसने चन्द्रपाल की बातों को गर्दन हिला कर सहमती प्रदान कर दी।

6

वो हादसा

सिकंदर ने यूँ तो इतने वर्षों में अपनी अम्मी की मौत के गम को सीने में छुपा कर मुस्कुराते हुए जिंदगी से समझौता कर जीना सीख लिया था परन्तु एक हादसे ने उसकी जिंदगी को झकझोर कर रख दिया । हुआ यूँ कि उस दिन चन्द्रपाल ने उसे घर जाने की बजाय भोजनालय में ही रुकने को कहा । चन्द्रपाल चाहता था कि आज वह सिकंदर को अपने दिल की सारी बात बता दे और अपनी जिंदगी के सूनेपन को मिटाकर उसमे विभिन्न प्रकार के रंग भर दे ।

रात के तक़रीबन साढ़े दस बजे सभी ग्राहकों से फ़ारिग होकर दोनों मिल कर बर्तन आदि धो-समेट कर बैठे ही थे कि चन्द्रपाल ने सिकंदर को चाय बना कर लाने के लिए कहा । चन्द्रपाल अपने आनंददायक सपनों में खोया हुआ चाय के इंतजार में बाहर कुर्सी पर बैठ गया कि तभी एक तेज गति से आती हुई जीप भोजनालय के सामने आकर रुकी । उसमें से दो हट्टे-कट्टे आदमी उतर कर चन्द्रपाल के पास आए और खाना मांगने लगे । चन्द्रपाल ने असमर्थता जताई और बताया कि खाना ख़त्म हो चुका है । चन्द्रपाल के इंकार करने पर दोनों उसके साथ मारपीट करने लगे ।

सिकंदर जो अन्दर चाय बना रहा था बाहर का शोरगुल सुन कर बाहर आ गया । उसने देखा कि दोनों अनजान लोग चन्द्रपाल पर बुरी तरह हावी हो चुके थे । सत्रह वर्ष की उम्र, नया जोश, नया खून उसने आव ना

देखा ताव और अकेला ही उन दोनों से भिड़ गया। उन दोनों में से एक ने रामपुरी चाकू निकाला और सिकंदर पर वार कर दिया। इससे पहले कि चाकू सिकंदर को छू भी पाता चन्द्रपाल ने उस वार को अपने ऊपर ले लिया। वार जानलेवा था, चाकू उसकी अतड़ियों को चीरता हुआ अन्दर तक धंस चुका था।

इस अप्रत्याशित घटना से दोनों बदमाशों के भी होश उड़ गये और हड़बड़ी में अपनी जीप ले कर भाग निकले। चन्द्रपाल तड़पते हुए जमीन पर गिरने लगा जिसे सिकंदर ने दौड़ कर सम्हाला। सिकंदर ने चन्द्रपाल का सिर अपनी गोद में रख लिया। दर्द से तड़पने के बावजूद चन्द्रपाल के चेहरे पर संतुष्टि के भाव और होठों पर मुस्कान स्पष्ट दिखाई दे रही थी। उसे ऐसा महसूस हो रहा था कि जैसे वह गणेश की ही गोद में सिर रख कर लेटा है। उसके बस में होता तो वह वक्त को यहीं थाम लेता परन्तु इन्सान के चाहने से वक्त नहीं रुकता और जो प्रारब्ध है उसे कोई टाल नहीं सकता। उसके होठों पर एक स्वर उभरा "गणेश" और उसके शरीर ने एक झटका खाया। अगले ही पल वह सिकंदर की गोद में निर्जीव अवस्था में पड़ा था और उसकी आत्मा का पंछी उड़ कर कहीं दूर जा चुका था।

7

पूरक

चन्द्रपाल की मौत के सदमे से मालती तो जैसे पागल ही हो गई थी। वो अपनी सुध-बुध पूरी तरह खो चुकी थी। बड़ी मुश्किल से सिकंदर ने उसे सम्हाला। मालती ने चन्द्रपाल का अंतिम संस्कार सिकंदर के ही हाथों से कराया क्योंकि चन्द्रपाल की भी यही इच्छा होती। अब मालती ने भोजनालय का काम सम्हाल लिया। धीरे-धीरे समय सरकता गया और छह महीने बीत गए। समय के साथ उसे भी चन्द्रपाल की तरह महारत हासिल हो गई और सहायता के लिए सिकंदर तो था ही।

एक दिन मालती ने सुबह-सुबह ही सिकंदर को बुला भेजा और सिकंदर ने भी मालती के घर पहुँचने में देर नहीं लगाई। आज मालती चन्द्रपाल के उस कथन को पूरा करना चाहती जिसे चन्द्रपाल अपनी मृत्यु के कारण क्रियान्वित ना कर सका। आज एक तरफ उसके दिल में चन्द्रपाल का स्वप्न पूरा करने की ख़ुशी थी तो दूसरी तरफ उसके अन्दर की ममता हिलोरे मार कर बाहर आना चाह रही थी। कुछ ही देर में सिकंदर मालती के सामने खड़ा था।

मालती ने उसे अपने सामने बिठा कर कोई भूमिका ना बनाते हुए स्पष्ट शब्दों में कहना शुरू किया "सिकंदर जब तुम तीन वर्ष पहले हमारे यहाँ काम करने आए थे तभी से मेरे पति तुम्हें अपने बेटे गणेश के रूप में देखते रहे। उनके मुँह से तुम्हारी तारीफ बार-बार सुन कर मैं भी तुम्हे अनायास ही पुत्रवत चाहने लगी। आज ना तो गणेश है और ना ही उसके

पिता, मैं इस संसार में बिलकुल अकेली हूँ और परिवार के नाम पर मेरा कोई नहीं है 1 कमोबेस जहाँ तक मैं जानती हूँ तुम्हारी माँ भी तीन वर्ष पहले गुजर चुकी है इसलिए तुम भी इस पूरी दुनिया में अकेले ही हो 1 यदि तुम चाहो तो हम एक दुसरे के साथ हंसी-ख़ुशी रह सकते हैं, मुझे मेरा बेटा गणेश मिल जायेगा और तुम्हे तुम्हारी माँ 1 हम अपनी-अपनी अधूरी जिंदगी को आपस में बाँट कर एक दुसरे के पूरक बन सकते हैं 1 यदि तुम्हे मेरी बात सही लगे तो अपना सामान यहाँ ले आना, यह तुम्हारा ही घर है 1 मैं वादा करती हूँ कि तुम्हे तुम्हारी माँ की कमी कभी महसूस नहीं होने दूंगी 1 तुम सोच लो और सोचने-समझने के बाद ही कोई फैसला करना 1" मालती को जो कहना था वह कह चुकी थीं 1 थोड़ी देर के लिए कमरे में ख़ामोशी छा गई 1 उस ख़ामोशी को सिकंदर ने ही तोड़ा "मैं चलता हूँ 1"

8

आत्मग्लानि

वह बिना कोई राय व्यक्त किए ही भोजनालय की तरफ चल पड़ा 1 रात को भोजनालय से लौटने के पश्चात जब वह खाना खा रहा था तो ये पूर्व स्मृतियाँ उसकी आँखों के चारों ओर नाच रही थी कि अचानक वह वर्तमान में पहुँचा 1 उसने खाना खाकर थाली एक ओर सरकाई और बिस्तर पर सोने के लिए चला गया परन्तु आज उसे नींद नहीं आ रही थी, ऐसा लग रहा था कि जैसे नींद उसकी आँखों से कोसों दूर जा चुकी हो 1 वह सोच रहा कि मालती को जाकर बता दे कि जिस सिकंदर को वह अपना बेटा बनाने के सपने संजोये हुए है, वह तो तीन वर्ष पहले ही बेटे के नाम को कलंकित कर चुका है 1 वह ख़ुद ही अपनी अम्मी का हत्यारा है और यह अकेलापन उसके ख़ुद के कुकर्मों का फल है 1 वह चाहता था पूरी दुनिया को चीख-चीख कर बता दे कि कैसे उसकी अम्मी उसकी खुशियों की खातिर अपने असह्य दर्द को अपनी मुस्कान के पीछे छुपा कर हमेशा ही हँसती रही परन्तु जब उसका वक्त आया, अपनी अम्मी के लिए कुछ करने का तो वह वहाँ से भाग खड़ा हुआ 1 वह चाहता तो अपनी अम्मी की जान बचा सकता था लेकिन उसने अपनी अम्मी का साथ ना देकर ख़ुद ही उसे मौत के मुँह में धकेल दिया जिसके लिए वह अपने आप को कभी माफ़ नहीं कर पाएगा 1

काफी देर तक सोचने-विचारने के बाद सिकंदर के सामने एक प्रश्न आ खड़ा हुआ कि वह इस बात को मालती से या दुनिया में किसी से भी

कैसे और किस मुँह से बता सकता है ? उस अवांछनीय घटना के बारे में मालती को बता कर क्या वो कभी भी मालती के सामने खड़ा रह पाएगा ? क्या मालती उसकी इन बातों को सुन कर उसे कभी माफ़ कर पाएगी ? क्या उसे मालती के व्यवहार में अचानक से बदलाव देखने को नहीं मिलेगा ? क्या वह मालती में अचानक हुए परिवर्तन और नफ़रत मिश्रित गुस्से का सामना कर पाएगा ? इन अनुत्तरित यक्ष प्रश्नों ने सिकंदर को अपने डर की असीम गहराइयों में धकेल दिया जिससे वह भीतर तक सिहर उठा।

आखिरकार सिकंदर इस निष्कर्ष पर पहुँचा कि वह कभी भी और किसी को भी इस बारे में नहीं बताएगा परन्तु वह समझ चुका था कि वह इस आत्मग्लानी से कभी भी नहीं निकल पायेगा। इस आत्मग्लानी का बोझ उसे अपने मासूम कन्धों पर आजीवन ले कर चलना ही पड़ेगा। उसने विचार किया कि वह मालती के आग्रह को जरुर स्वीकार करेगा क्योंकि शायद उसे भी एक माँ की सख्त जरुरत थी। सोचते-सोचते ना जाने कब उसे नींद ने अपनी गिरफ्त में ले लिया।

९

इच्छापूर्ति

जब वह उठा तो सुबह हो चुकी थी। उसने दैनिक कार्यों से निवृत्त हो कर फटाफट अपना सामान पैक किया और मालती के घर की और चल पड़ा। अब उसके कदम रात की तरह सुस्त नहीं पड़ रहे थे बल्कि उनमें तेजी थी। वह तेज क़दमों से चलते हुए मालती के सामने जा कर खड़ा हो गया। मालती को तो जैसे मन मांगी मुराद मिल गई थी। उसने सिकंदर को भीतर बैठा कर पहले तो बहुत दुलार किया और फिर खाना निकल कर अपने हाथों से खिलाने लगी।

सिकंदर को कुछ पलों के लिए ऐसा लगा कि जैसे उसकी अपनी ही माँ अपने हाथों से उसे खाना खिला रही हो। इस दुलार और प्यार के लिए वह तीन साल से तड़प रहा था लेकिन अकेलेपन ने उसकी जीवन शैली को बेतरतीब कर दिया था। मालती के हृदय में अपने लिए इतना प्यार देख कर वह भावुक हुए बिना ना रह सका और उसकी आँखें आंसुओं से सराबोर हो गई। मालती की हालत भी उससे जुदा नहीं थी। उसकी आँखों के सामने गणेश का बालपन तैरने लगा। पता नहीं कितने ही वर्षों से एक माँ अपने बेटे के लिए तरस रही थी। उसे ऐसा लग रहा कि जैसे फिर से किसी ने उसकी गोद में नवजात गणेश को डाल दिया हो। सहसा ही उसकी आँखों से आंसुओं की अविरल धारा बह निकली। उसने अपनी साड़ी के पल्लू से आंसुओं को पोछने की नाकाम कोशिश की और सिकंदर को खाना खिलाने लगी। तभी सिकंदर की आँखों में आंसू देख

कर मालती ने उसे अपने सीने से लगा लिया और उसके होठों से एक स्वर निकला "बेटा" 1 सिकंदर भी उससे लिपट कर रोने लगा 1 कोई भी उन्हें देख कर यह नहीं कह सकता था कि वह सगे माँ-बेटे नहीं थे 1

मालती खुश थी कि सिकंदर (वर्तमान में गणेश जिसे अब गणेश कहा जायेगा) ने उसे माँ के रूप में स्वीकार कर लिया है और वह तो उसे बेटे के रूप में पहले ही स्वीकार कर चुकी थी 1 जल्दी ही गणेश भोजनालय की जिम्मेदारी गणेश ने अपने ऊपर ले ली और इधर मालती ने भी अपने वादे के अनुसार उसको अपनी माँ की कमी कभी भी महसूस नहीं होने दी 1

10

पुनरावृत्ति

कहते हैं कि जिंदगी घुमावदार होती हैं जहाँ सुख और दुःख एक-दुसरे के पीछे चलते रहते हैं, ठीक इसी प्रकार गणेश की जिंदगी में भी कुछ कटु घटनाएं घटने वाली थी। गणेश की खुशियों को जल्द ही ग्रहण लग गया हुआ यूँ कि एक दिन मालती का स्वास्थ्य कुछ खराब हो गया। प्राथमिक उपचार के उपरांत भी दिन-प्रतिदिन उसकी स्थिति बिगड़ती ही चली गई। गणेश उसे उसी अस्पताल में ले गया जहाँ तीन साल पहले सिकंदर अपनी माँ को लेकर गया था। मालती को इमरजेंसी वार्ड में दाखिल कराने के बाद वह समीप ही काउंटर के सामने पड़ी बेंच पर बैठ गया। उस अस्पताल की कड़वी यादें जिन्हें वो भुलाना चाहता था बार-बार उसकी आँखों के सामने आकर उसे अपनी कायरता का अहसास दिला रही थी।

ना जाने कितनी देर वह यूँ ही बैठा रहा कि अचानक उसे ऐसा लगा जैसे किसी ने उसे उसके पूर्व नाम से पुकारा। उसने आवाज की दिशा में देखा और चौंक कर रह गया। यह उसके लिए एक अप्रत्याशित घटना थी जिसके लिए वह बिल्कुल भी तैयार नहीं था। यह आवाज़ किसी और की नहीं स्वयं डॉक्टर दिवाकर की थी जो कि ठीक उसके सामने मुस्कुराता हुआ खड़ा था। डॉक्टर दिवाकर को देख कर तीन वर्ष पुरानी उस दुखद घटना का प्रत्येक दृश्य सजीव रूप में उसके आँखों के सामने घुमने लगा। डॉक्टर ने दोबारा पूछा "अरे ! सिकंदर तुम यहाँ कैसे"। डॉक्टर की बातों से ऐसा लगता था कि जैसे वो भी उस घटना को नहीं भुला था और भूलता

भी कैसे वो एक घटना उसके जीवन की पहली ऐसी घटना थी जहाँ एक औरत ने दर्द से तड़पते और अपने बेटे को पुकारते हुए बहुत ही दयनीय परिस्थिति में दम तोड़ा था और उस महिला का दुर्भाग्य देखो कि अंत समय में उसका बेटा एक बार भी उसके सामने नहीं आया 1 तीन वर्ष बाद गणेश को अपने सामने देख कर डॉक्टर को वो घटना याद आई और उनके अंतर्मन को फिर से झकझोर गई 1 डॉक्टर ने भी अपने पेशे के अनुरूप उस घटना की व्यथा को मन में छुपा कर उसके सामने मुस्कान के साथ प्रकट होना ही उचित समझा 1

गणेश ने डॉक्टर का अभिवादन करते हुए उसे अपने अस्पताल आने के कारण से अवगत कराया और बातों ही बातों में अपनी पूरी कहानी को संक्षिप्त रूप में सुनाया 1 डॉक्टर दिवाकर ने उसके एक-एक शब्द को बड़े ध्यान से सुना और मन ही मन उसके उज्जवल भविष्य की कामना की 1 अचानक ही एक नर्स ने आकर उनकी बातों पर विराम लगाया और मालती की मेडिकल रिपोर्ट डॉक्टर को देकर चली गई 1 डॉक्टर ने मालती की रिपोर्ट को ध्यान से पढ़ा और फिर एक गहरी साँस लेते हुए एक ओर देख कर कुछ सोचने लगे 1

"सर, क्या हुआ है मेरी माँ को" गणेश के शब्दों ने डॉक्टर को चिन्तन से बाहर निकाला 1 डॉक्टर के चेहरे पर असमंजस भाव थे, उसने गणेश की प्रश्नवाचक आँखों में अपने प्रश्न का उत्तर तलाशते हुए कहा "मुझे अफ़सोस है कि तीन वर्ष पहले जिस बीमारी के कारण तुम्हारी अम्मी का इंतकाल हुआ था वही बीमारी तुम्हारी वर्तमान माँ मालती को भी है 1" डॉक्टर ने अपने हाथों से उसकी बांह को पकड़ते हुए कहा "मालती की किडनी भी खराब हो चुकी है और अगर उसे दूसरी किडनी नहीं मिली तो उसकी भी जिंदगी को बचाना नामुमकिन है 1 इत्तिफ़ाक की बात यह भी है कि तुम्हारा और मालती का ब्लड ग्रुप भी एक ही है इसलिए तुम चाहो तो मालती की जान बचा सकते हो 1" डॉक्टर ने उसकी बांह को लगभग भींचते हुए चीख कर पूछा "सिकंदर के रूप में तो तुमने अपनी अम्मी को मरने के लिए छोड़ दिया था पर गणेश के रूप में क्या तुम मालती को बचाने में मेरा साथ दोगे ? क्या तुम आज अपने पुत्र होने की जिम्मेदारी को निभाओगे ? या, फिर मुझे दोबारा ऐसी घटना का साक्षी बनना पड़ेगा

जो मै कभी बनना नहीं चाहता और अगर ऐसा होता है तो मातृशक्ति तो क्या पूरी मानवता तुम्हे कभी माफ़ नहीं करेगी ।" अपने सवाल के जवाब के लिए डॉक्टर ने ख़ामोशी अख्तियार कर ली ।

जो मै कभी बनना नहीं चाहता और अगर ऐसा होता है तो मातृशक्ति तो क्या पूरी मानवता तुम्हे कभी माफ़ नहीं करेगी ।" अपने सवाल के जवाब के लिए डॉक्टर ने ख़ामोशी अख्तियार कर ली ।

11

मुक्ति

गणेश सोच में पड़ गया। उसे ऐसी उम्मीद बिल्कुल भी नहीं थी कि वो फिर उसी दोराहे पर वापस आ जाएगा। अभी वह तीन वर्ष पुरानी उस दुखद घटना के अपराध बोध से मुक्त भी नहीं हुआ था कि जिंदगी ने बेरहमी से उसे फिर उसी जगह पर ला कर पटक दिया था जिससे शायद वो सबसे ज्यादा खौफ़ज़दा था। उसे सारी पुरानी घटनाएँ एक-एक कर याद आने लगी। नर्गिस का बीमार पड़ना, उसका हॉस्पिटल में इलाज होना, डॉक्टर द्वारा उसकी बीमारी का बताया जाना, उसका अपने डर पर काबू ना पा सकने के कारण घर भाग जाना, उसका दो दिन तक घर से बाहर ना निकलना और उसकी अम्मी का लावारिस अवस्था में मर जाना। उसे ऐसा लग रहा था जैसे यह कल ही की बात है। डॉक्टर ने फिर उसे झकझोरा और गणेश की आँखों में डर को महसूस करते हुए अपनी बात में वजन रखते हुए कहा "गणेश बेटा यदि तुम आज भी वही करने की सोच रहे हो जो तुमने तीन साल पहले किया था तो याद रखो कि उसका परिणाम वही होगा जो तुम भुगत चुके हो और जानते हो। यदि तुम्हे परिणाम को बदलना है तो तुम्हे वो करना पड़ेगा जो पहले तुमने नहीं किया। हो सकता है कि अपनी भूल को सुधारने के लिए तुम्हे भगवान ने यह दूसरा मौका दिया हो और इतना याद रखना कि जिंदगी को फिर से संवारने और सुधारने के लिए हर किसी को दूसरा मौका नहीं मिलता। भगवान ने तुम्हे दूसरा मौका दिया है तो उसका इस्तेमाल करो

और मालती को बचाने में मेरी मदद करो ।"

डॉक्टर की बातों से गणेश के अंतर्मन पर सकारात्मक प्रभाव पड़ा और उसके कानों में डॉक्टर के कहे तीन वर्ष पुराने शब्द गूंजने लगे "जिंदगी इस तरह से जीना कि भविष्य में आज की तरह कोई पछतावा ना रहे ।" उसके जेहन में नर्गिस के जाने के बाद की अकेलेपन से भरी जिंदगी का भी ख्याल आया । अब वो रिश्तों की जरूरत और उसके अहसास को समझ सकता था और शायद यही उसके भीतर आए परिवर्तन एवं परिपक्वता की निशानी थी । अब कहीं कोई संदेह नहीं था । गणेश ने डॉक्टर से दृढ निश्चय से कहा "सर, सिकंदर ने अपनी अम्मी को मरने के लिए छोड़ दिया था और जिंदगी भर उसे इस बात का पछतावा रहेगा परन्तु गणेश अपनी माँ को मरने के लिए नहीं छोड़ेगा और किसी भी कीमत पर अपनी माँ को नई जिंदगी जरुर देगा ।" उसका चेहरा उसके दृढ निश्चय से चमक रहा था और डॉक्टर को भी उससे यही उम्मीद थी । गणेश की आँखों में अब कोई डर नहीं था, थी तो केवल एक नई रौशनी की किरण । शायद यही नई जिन्दगी और नई सुबह की शुरुआत थी । गणेश के चेहरे पर संतुष्टि के भाव थे । आज वह अपने अंतर्द्वंद और डर से मुक्ति पा चुका था ।

www.ingramcontent.com/pod-product-compliance
Lightning Source LLC
Chambersburg PA
CBHW021156130726
47988CB00004B/1633